Fun at the Beach

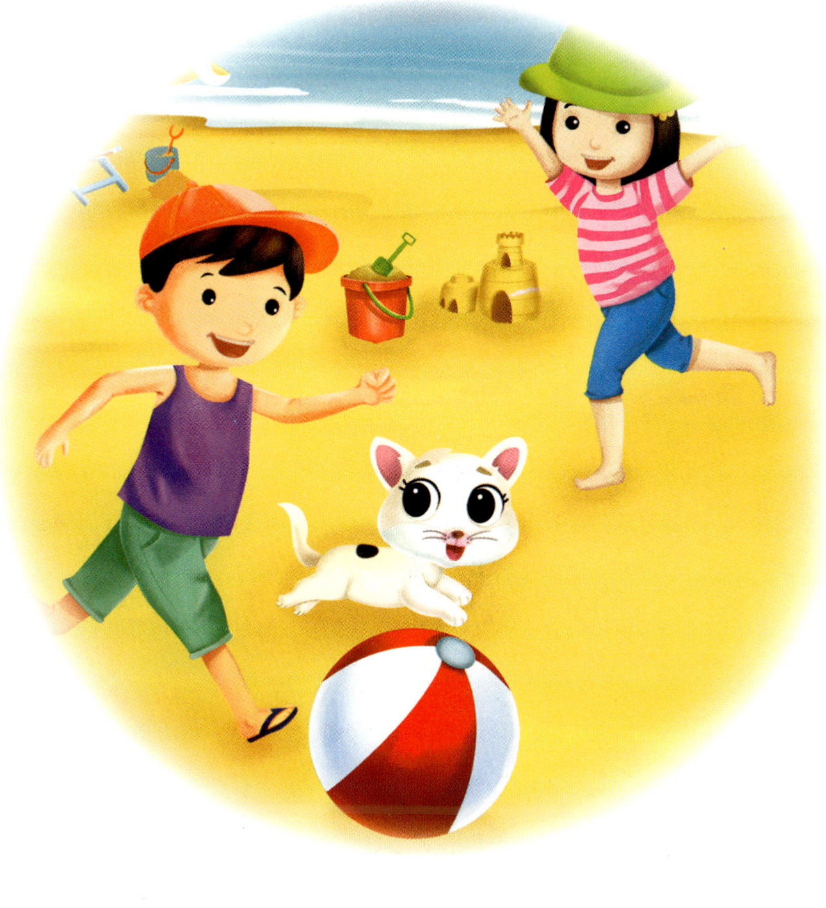

An imprint of Om Books International

Published in 2017 by

An imprint of Om Books International

Corporate & Editorial Office
A 12, Sector 64, Noida 201 301
Uttar Pradesh, India
Phone: +91 120 477 4100
Email: editorial@ombooks.com
Website: www.ombooksinternational.com

Sales Office
107, Ansari Road, Darya Ganj, New Delhi 110 002, India
Phone: +91 11 4000 9000, 2326 3363, 2326 5303
Fax: +91 11 2327 8091
Email: sales@ombooks.com
Website: www.ombooks.com

© Om Books International 2017

ALL RIGHTS RESERVED. No part of this book may be reproduced or transmitted in any form by any means, electronic or mechanical, including photocopying and recording, or by any information storage and retrieval system, except as may be expressly permitted in writing by the publisher.

ISBN: 978-93-86108-35-7

Printed in India

10 9 8 7 6 5 4 3 2 1

Fun at the Beach

I'm all set to read

Paste your photograph here

My name is

_____

Jim and Ria are going to **the** beach with their **Mom and Dad**.

"I will take **the** watering **can**," says **Ria**.

"I will take my **bat and** ball," says **Jim**.

Their **Dad** takes them in **the car**. They **sit** in **the car**. Their **Mom** packs a **bag** with food.

Jim wears **his cap and Ria** wears **her hat**. It is very **hot**. **The sun** is bright.

They **see the** beach. **The sea** is nice **and** blue. There **are** other children there **too**. **Ria and Jim** clap their hands in **joy**.

Their **Dad** takes **out his** book to read.

He spreads **the mat** on **the** sand.

He wants to **sit and** read **his** book.

Mom goes to watch over **Jim and Ria**.

Ria and Jim dig a deep **pit** in **the** sand. They fill water in **the pit** with **the** watering **can**.

Now they **are** hungry. They want to **eat**. **But** where is **the** food that **Mom had** packed in **the bag**?

"I want a **bun**," says **Ria**.

"I want some **ice**," says **Jim**.

But the food is gone. They **see** a little **cat. The cat** says **mew mew. She** wants to **rub** against **Jim**'s **leg**.

"Poor Kitty," says **Ria**. "**She** is hungry. **Let** us give **her** a **bun**." **But** there is no food **for the cat**.

The cat has already eaten up **the bun**. **She has** eaten up **all the** food. **But Jim and Ria** do **not** mind. They love **the** little **cat**.

"**Let** us name **her Dot**," says **Ria**. **The cat has** a **big dot** on **her** back.

"**May** we take **her** home as **our pet**?" **Jim** asks **Mom and Dad**.

Mom and Dad say yes.

Jim and Ria play **all day** with **Dot**. They **run and** jump. **Dot** is happy.

When they go home, **Dot** goes home with them. **She** sleeps on **Ria**'s **bed**. **Jim and Ria had** a lovely **day** at **the** beach. **Now** they have a **new pet too**.

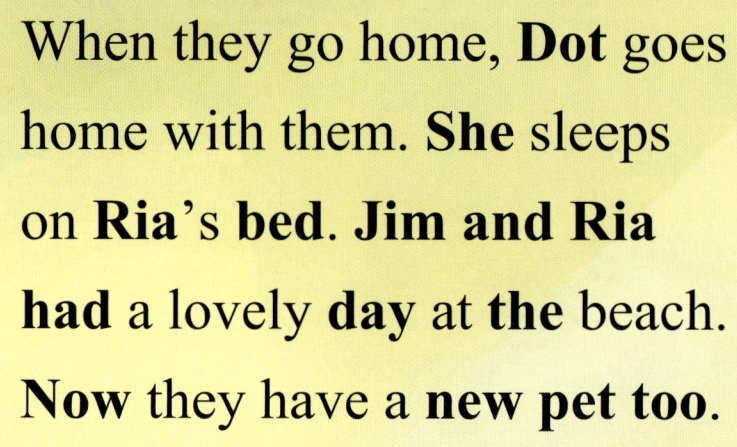

Find the given words in the wordsearch.

CAT   CAN   MAT   DAD   ICE   BAT   JIM

C	A	T	Z	A
Y	W	M	A	T
X	D	A	D	J
J	I	M	Q	P
R	O	I	C	E
S	B	A	T	K
C	A	N	H	W

Colour the boxes with three-letter words.

cat	me	can	dad
so	long	dot	sit
tall	mat	bat	bun
sing	ice	pick	ring
you	book	back	bag

Match the words to the objects.

MAT •

CAT •

SUN •

CAP •

HAT •

CAN •

Know your words

Sight Words

are	his	big	new
the	pit	our	now
can	but	yes	her
and	had	may	let
too	mew	all	for
joy	rub	day	has
out	not	she	

Naming Words

Jim	car	sea	Dot
Ria	bag	bun	pet
mom	cap	ice	bed
dad	hat	cat	hot
bat	sun	leg	mat

Doing Words

sit	see	run
eat	dig